王法

当代工笔画

唯美新势力

工笔花鸟画精品集

法梅

福建美术出版社

王法

江苏南通人，毕业于南京师范大学，
结业于南京艺术学院中国画研究生班。

●中国美术家协会会员
●江苏省花鸟画研究会副会长
●江苏省国画院特聘画师
●南通市美术家协会常务副主席
●南通市青年美术家协会主席

参展记录

1991年
作品《秋塘》入选中国当代花鸟画邀请展(北京)
作品《秋塘》被中国画研究院收藏
1992年
作品《消夏图》入选国际水墨画大展(海南)
作品《秋韵》被江苏省美术馆收藏
1994年
作品《细语组画》入选第八届全国美展(南京)
1995年
作品《荷净》入选第十一届全国花鸟画展(湖南)
作品《秋风》被江苏省美术馆收藏
1996年
作品《秋冥》入选第四届当代中国工笔画大展(北京)
1999年
作品《闲趣图》获澳门回归全国书画展优秀奖(北京)
2000年
作品《世纪园》获“民族魂国土情”全国书画大展优秀奖(南京)
2001年
作品《掠影》获“新江苏画派七彩世纪”中国画大展铜奖(南京)
作品《花卉》被江苏省美术馆收藏
2003年
作品《一年容易又秋光》入选全国当代花鸟画大展(甘肃)
2004年
作品《动脉》获现代都市水墨画金奖(南京)
作品《幽篁集禽图》获全国第十届美展铜奖(杭州)
作品《幽篁集禽图》被中国美术馆收藏
2005年
作品《栖禽图》入选苏州胥口太湖情全国中国画作品提名展(苏州)
作品《疏桐栖禽图》入选中国百家金陵水墨画大展(南京)
2006年
作品《幽篁图》“黄河壶口赞”中国画提名展优秀奖(山西)
作品《鸣禽图》获2006年中国画提名展优秀奖(青岛)
获南通市人民政府文学艺术奖特等奖
2007年
全国中青年中国画(花鸟)名家作品邀请展(北京)
作品《版纳系列之一》获笔墨新旅·江苏省万里写生作品展二等奖(南京)
作品《版纳系列之一》被江苏省美术馆收藏

花蔓宜阳春 65×40cm 2008年 纸本设色

版纳印象系列之一 190×140cm 2007年 纸本设色

版纳印象系列之一（局部）

幽鸟鸣秋风　180×97cm　2006年　金笺设色

幽鸟鸣秋风（局部）

版纳印象系列之一　190×140㎝　2007年　纸本设色

→版纳印象系列之一（局部）

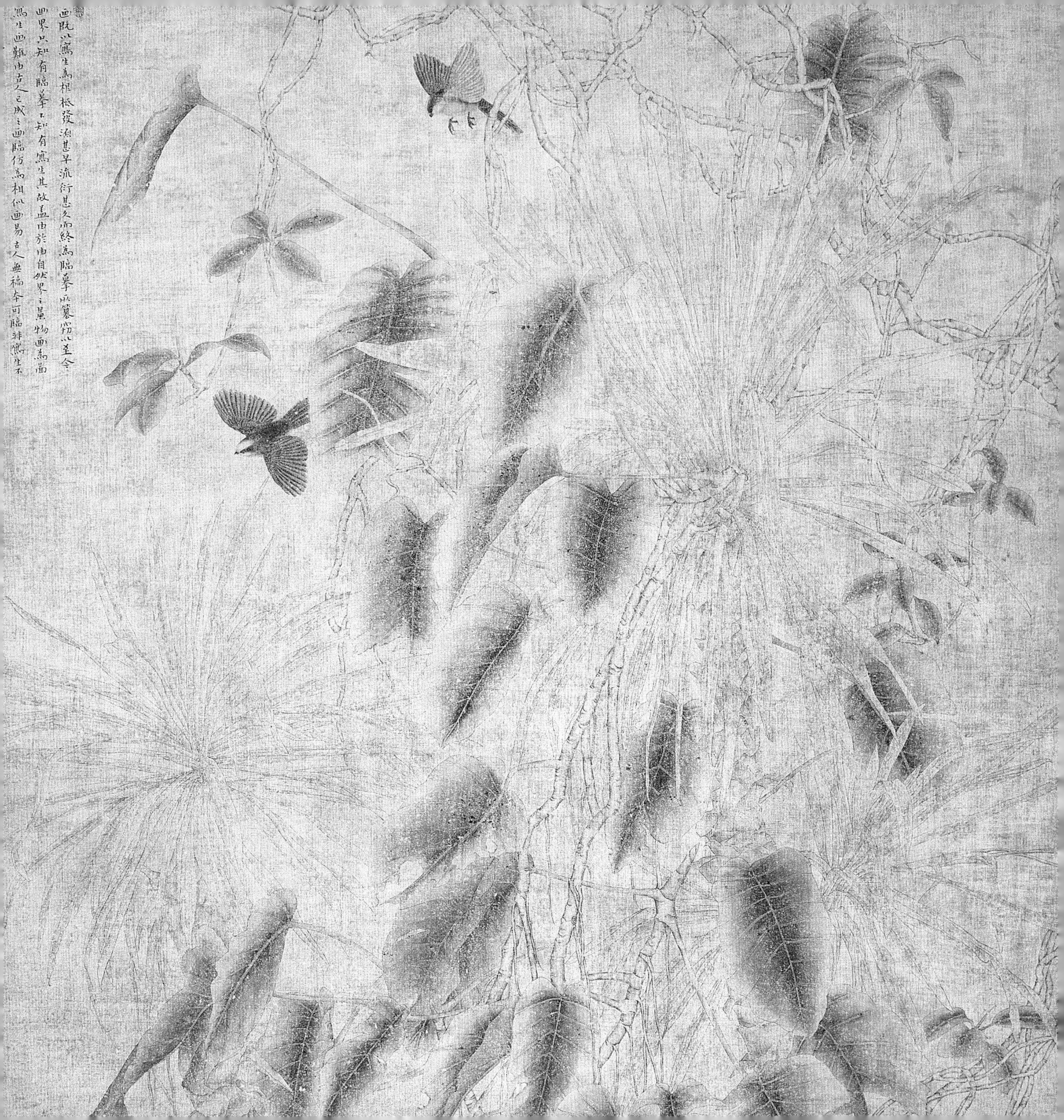

画既以寫生為根柢發源甚早流行甚久而終為臨摹所篡竊以至今
画界只知有臨摹不知有寫生其故蓋由於由自然界之萬物画為画
寫生画難由古人已成之画臨仿為相似画易古人無稿本可臨非寫生不

仿古团扇系列之一　30×25cm　2001年　纸本设色

仿古团扇系列之二　30×25cm　2001年　纸本设色

仿古团扇系列之三　30×25cm　2001年　纸本设色

仿古团扇系列之四　30×25cm　2001年　纸本设色

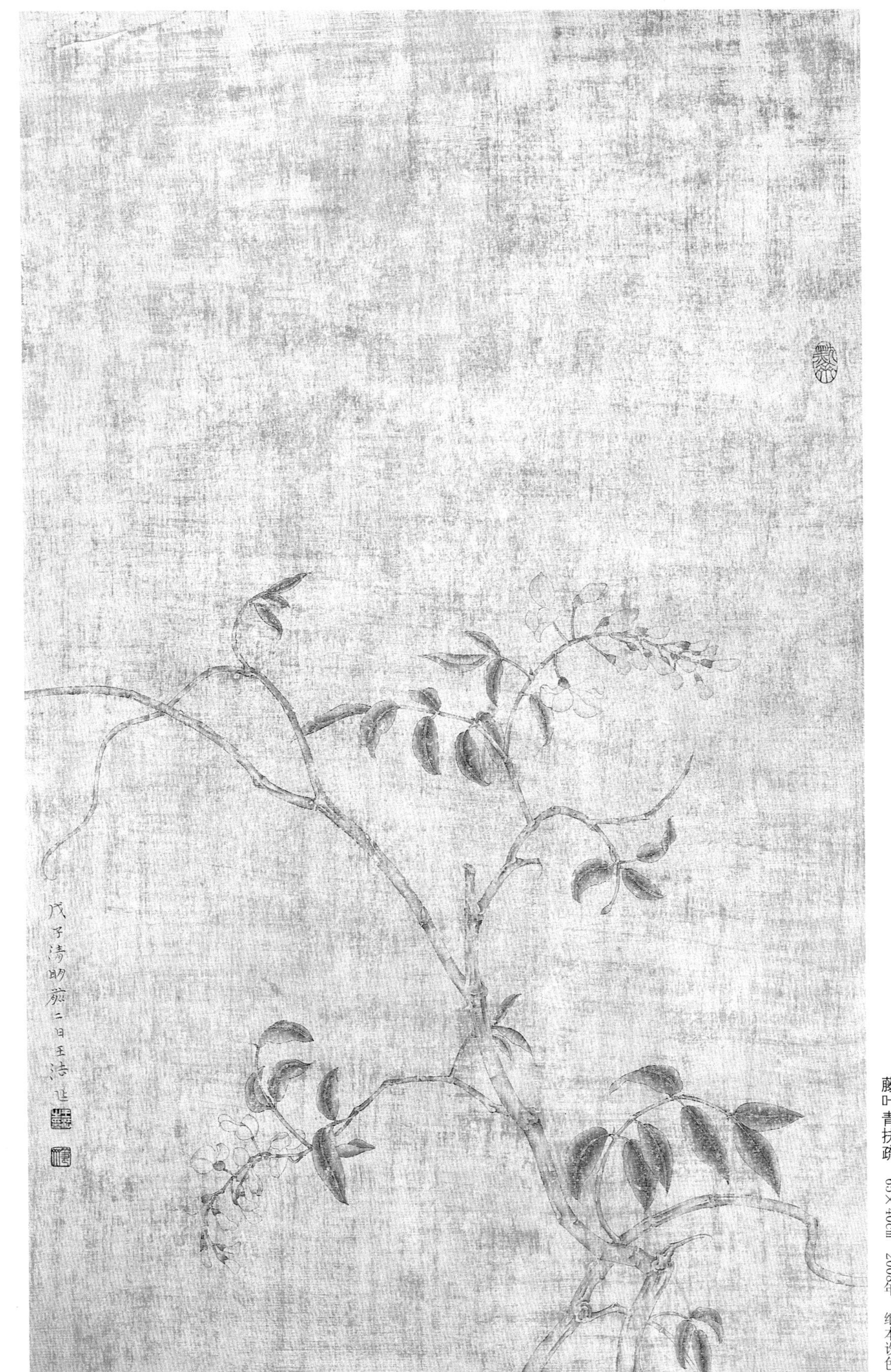

藤叶青扶疏　65×40cm　2008年　纸本设色

寒烟添竹色　65×40cm　2008年　纸本设色

版纳印象系列之三 190×140cm 2007年 纸本设色

↑版纳印象系列之三（局部）

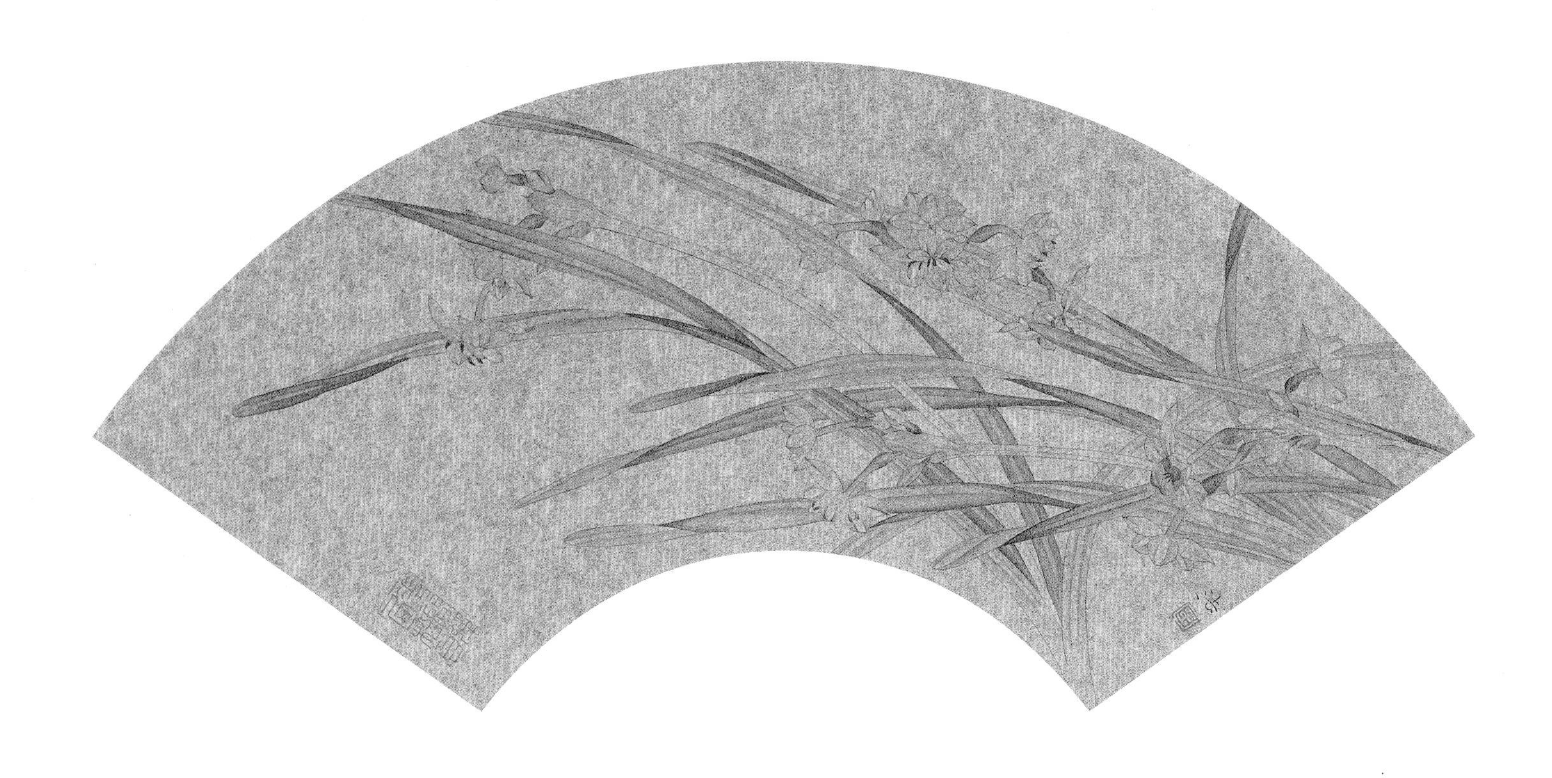

篁斋扇面之一 46×15cm 2006年 金笺设色

篷斋扇面之二 46×15cm 2006年 金笺设色

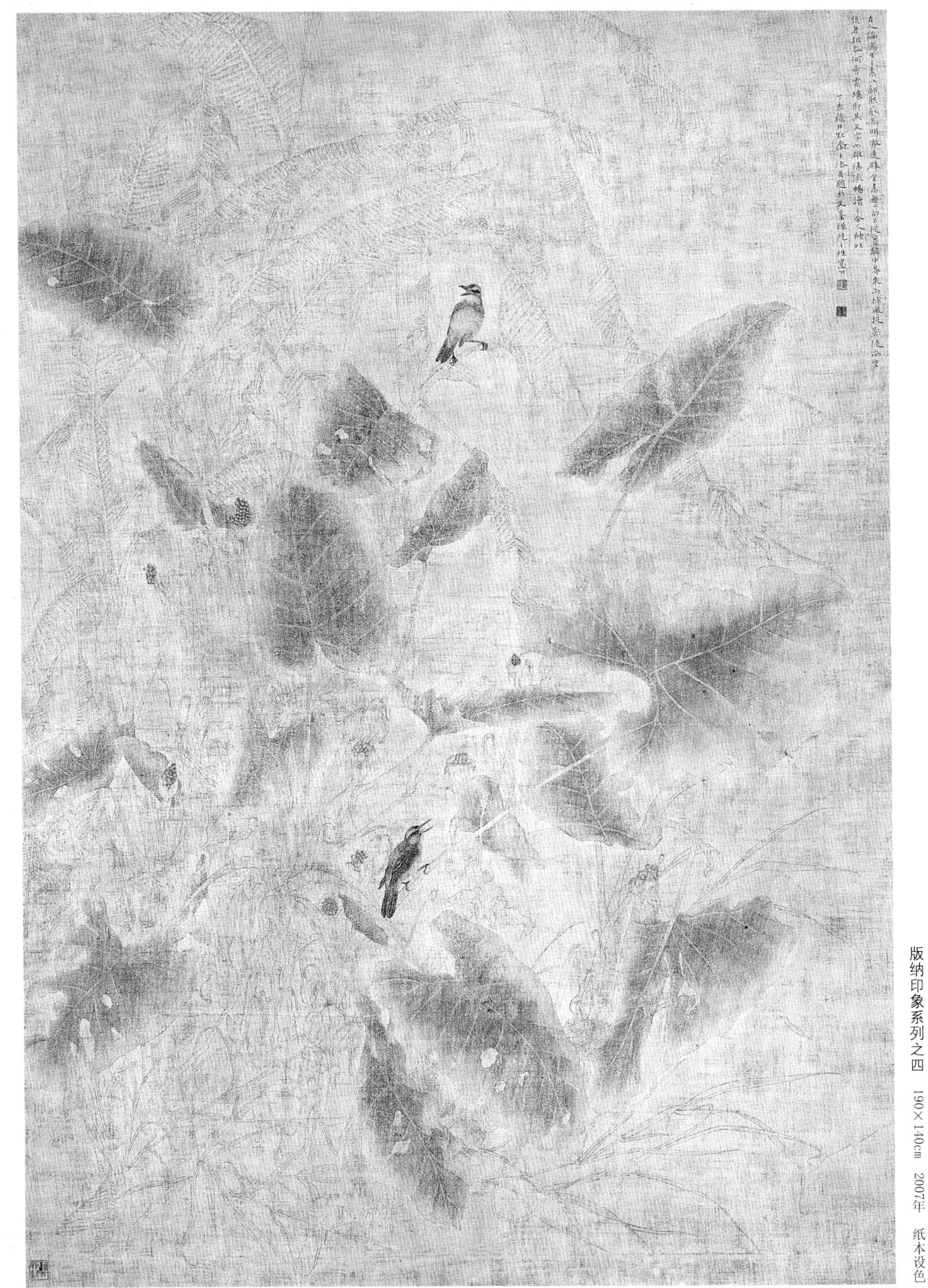

版纳印象系列之四　190×140㎝　2007年　纸本设色

→版纳印象系列之四（局部）

玉蛾征逐绕灯辉　50×20cm　2008年　纸本设色

休入破窗扑灯火　50×20cm　2008年　纸本设色

桐荫栖羽图　175×90cm　2006年　纸本设色